ERSONNAGES

Yamamoto Anis

En 1re année au lycée Shôbi, elle rêve tout simplement de rencontrer son prince charmant. Être trop en vue n'est pas sa tasse de thé.

Les chevaliers de la rose

Higa Kaede
(rose rouge)

Dans la classe d'Anis. Remarquablement doué en sport, il s'occupe beaucoup d'elle...
Spécialité : l'attaque.

Tenjoh Mitsuru
(rose blanche)

En 3e année. Président des délégués, il a un tas de fans autant filles que garçons. C'est le plus riche de tous.
Spécialité : guérison, défense.

Asagi Seiran
(rose bleue)

En 1re année. Presque plus mignon qu'une fille, il est lui aussi pas mal populaire mine de rien...
Spécialité : alchimie, sciences, connaissances en général.

Kurama Mutsuki
(rose noire)

En 2e année. Au centre de beaucoup de rumeurs sordides, il entretient le mystère. Apparemment il vivrait au sous-sol de l'église que gère la famille Tenjoh.
Spécialité : recherches et arrestations.

LES PERSONNAGES

Narumi Itsushi (prof de lettres anciennes)

Il en sait plus que les autres sur le pacte qui lie le maître aux chevaliers de la rose, mais...

Niwafa (gardien)

Il protège les cartes depuis que le contrat existe.

Yamamoto Schwarz

Papa d'Anis, il semblerait qu'il ne lui ait pas offert son collier pour rien...

L'histoire

Anis devient à ses dépends la princesse de la rose, et se retrouve à commander les 4 garçons les plus populaires du lycée.
Elle s'inscrit à un concours d'idole avec ses chevaliers afin de retrouver une carte arcane, qui pourrait maîtriser le sceau magique, mais la participation du groupe « Rhodecia » au show contrarie un peu ses plans !
Quelques temps plus tard, Anis se retrouve un peu obligée d'arranger un rendez-vous entre Kaede et Mikage, sur demande de cette dernière, mais décide de les suivre avec ses camarades jusqu'au parc d'attraction. C'est alors qu'elle tombe sur des individus se définissant comme de « faux chevaliers » accompagnés de leur « fausse maîtresse » ... !

KISS OF ROSE PRINCESS AYA SHOUOTO

LES GENS DISPARAISSENT ALORS QUE LA PARADE CONTINUE...
DES CRIS !
ANIS !!
C'EST CELLE DU SANG.
LA FANFARE DU DRAME...
JE CONNAIS CETTE ODEUR ...

UN GROUPE DE PERSONNES À TERRE ... !
GHH ...
AIDEZ-NOUS ...
MAIS ...
C'EST... UNE ATTRACTION, ÇA !?
PLIC
PLIC
LEUR SANG FORME DES BOULES QUI SONT ASPIRÉES !!

IL SE PASSE QUELQUE CHOSE D'ANORMAL...
ON ...
ON DOIT LES SAUVER ...
BAAAH
NE BOUGE PAS, PRINCESSE ANIS.
TENJOH SENPAI !
JE ME PERMETS D'UTILISER UN PEU DE TON SANG.
... QUOI !?

SHAAA
SHAAA
ROSE NOIRE ! CHERCHE LES ÉLÉMENTS HOSTILES SUR LONGUE DISTANCE !
ROSE BLEUE ! PROTÈGE LES ENVIRONS D'ANIS AVEC UNE SPHÈRE !
BIEN.
HA OUI, "UTILISER MON SANG"...
ÇA SIGNIFIE EN FAIT "FAIRE USAGE DE LEURS CAPACITÉS DE CHEVALIER" ...
LÂCHE-MOI ! MOI AUSSI, JE VEUX...
PAS QUESTION.

C'EST PLUTÔT SURPRENANT QU'UN ENNEMI CAPABLE DE PRODUIRE UN TEL CARNAGE APPARAISSE SUBITEMENT.
UN ENNEMI... ?
TU NE BOUGERAS PAS TANT QU'ON NE CONNAITRA PAS L'ÉTENDUE DE LEUR POUVOIRS.
DU SANG ...
S'ÉCHAPPE D'EUX ... ?
QU'EST-CE QUE C'EST QUE ÇA !?

QUELLE HORREUR, J'AI PEUR !
KAEDE ...
!
HIIRAGI ...
IL Y A DU SANG PARTOUT !
... DU CALME, ÇA VA ALLER...
J'AI PEUR ...
GNiii
DE TOUTE FAÇON, ON NE POURRA PAS SORTIR TANT QUE NOTRE CABINE NE SERA PAS ARRIVÉE EN BAS.

ANIS ...
PRINCESSE ANIS, TU FERAIS MIEUX DE TE METTRE À L'ABRI.
...
HOUU ...
COMMENT... CE...
UN SI PETIT ENFANT ...
PFU...
IL Y A PLUS URGENT, TENJOH SENPAI !
UTILISE TES DONS DE ROSE BLANCHE POUR SOIGNER TOUT LE MONDE !!

JE SUIS DÉSOLÉ...
MAIS ÇA FAIT BEAUCOUP TROP POUR MOI.
TON SANG EN SERAIT VIDÉ.
CE N'EST PAS LE MOMENT !!
MAIS...
JE NE PEUX DONC RIEN FAIRE !?
ILS VONT TOUS MOURIR !
C'EST ABSOLUMENT HORS DE QUESTION !
CALME-TOI !!

GLOUP
LES HUMAINS MEURENT TOUS UN JOUR OU L'AUTRE !!
JE POURRAIS SACRIFIER N'IMPORTE QUI…
POUR MA PRINCESSE DE LA ROSE.
TU ES LA SEULE QUE JE PROTÉGERAI.

IL S'OCCUPE ENCORE DE MOI...
...
JE TE L'OR-DONNE !
SAUVE-LES !
DANS UN MOMENT PAREIL !?
TOUT CE QUE JE PEUX FAIRE, C'EST HURLER ?
...
JE TE LE REDIS.
JE NE PEUX PAS.
PILE QUAND IL NE FAUT PAS...
JE DÉTESTE TON REGARD QUAND IL EST AUSSI SÛR !

JE SAIS BIEN…
MA DOMINATION EST GRAVÉE EN TOI…
MES MOTS ASSERVISSENT TON ÂME…
BOUM
QU'UN ORDRE À LA LÉGÈRE NE PEUT PAS ABOUTIR.
ÉCOUTE MA VOIX…
JE VEUX TES POUVOIRS …
BOUM
HA, NON …
BOUM
SHiii

C'EST TOI
QUE JE VEUX,
COÛTE QUE
COÛTE !

MON CHEVALIER DE LA ROSE BLANCHE...
PRIN-CESSE ANIS ...

SHOUUUU
OBÉIS-MOI !
KAEDE !
C'EST DANGEREUX, RESTE ICI !

DÉSOLÉ, JE DOIS ABSOLUMENT ALLER QUELQUE PART !
BAAAH
JE VOULAIS VRAIMENT QUE TU LA VOIS...
DE TES YEUX...
DE LA LUMIÈRE ?
T'ÉCHAPPER POUR UN AUTRE.
TAP
HAA ...

L'IVRESSE DE LA DOMINATION ABSOLUE...
MON ÂME SE PROSTERNE DEVANT TOI !
TU NE PEUX PLUS ME DÉSOBÉIR...

MA ROSE !
BIEN ...
MOI, MITSURU TENJOH ...
Premier réveil de la rose blanche.

JE VAIS RÉALISER LE VŒU DE MA PRIN-CESSE !
SOU-LAGE-LES...
DOUCE LUMIÈRE DU MESSIE BLANC !

CETTE PUISSANCE ÉTAIT SI VIVE...
PRESQUE ÉCRASANTE...
C'EST ...
UN RÉVEIL DE CHEVALIER ?
SHOUUU
LES BOULES DE SANG REVIENNENT !!

FOUUUH
MAIS, C'EST...
UNE CARTE ARCANE !!

TIENS ... ?
QU'EST-CE QU'IL S'EST PASSÉ ?
MAMAN ... ?
PAR CHANCE ...
TOUT LE MONDE A L'AIR D'ALLER BIEN.
OUF.
OUI...

C'EST À CAUSE D'ELLE, CE CARNAGE ?
NON ...
ELLE ÉTAIT JUSTE CACHÉE DANS LA PARADE.
UN ENNEMI A SANS DOUTE PROVOQUÉ CELA...
DANS LE BUT DE LA TROUVER LUI AUSSI.
MUTSUKI, OÙ EN SONT LES RECHERCHES ?
...
ENCORE TROIS MINUTES.
GNII
L'ODEUR AMBIANTE DU SANG ME PERTURBE...
...

CE QUI VIENT DE SE PASSER...
...ET MES HALLUCI-NATIONS...
...ONT-ELLES UN LIEN ?
MUTSUKI...
IL EST DÉCIDÉMENT ÉTRANGE...
MAIS...
ÇA NE DOIT PAS SE REPRO-DUIRE !
ON DOIT TROUVER CET ENNEMI... !

SURTOUT QU'IL A FALLU QUE JE PROVOQUE UN RÉVEIL ...
ET EN PLUS, AVEC LUI !!
WHAAAA !
ON PEUT RECOMMENCER...
TING TING
DIX MILLE FOIS, SI TU VEUX !!
FÉLICITATIONS !
HAA... L'EXTASE DE LA SOUMISSION...
C'EST LE PARADIS !!
LA CHANCE, IL EST RAYONNANT DE BONHEUR..
INUTILE DE L'ENVIER !!
GHH
HEUREUSEMENT ...
CE N'ÉTAIT QUE LE PREMIER RÉVEIL, RIEN DE PLUS.
SURTOUT QUE JE ME SENS TOUT DE MÊME UN PEU ANÉMIÉE.

ANIS ...
SHIIII
TU N'AS RIEN, MA PRINCESSE ?
HEU ...
NON, ÇA VA...

...
HAA ...
CETTE ROSE EST SUPERBE ...
CETTE ROSE ROUGE COMME LE SANG...
JE LA VEUX ...
JE LA VEUX ...
GNIII
CLAP
MIKAGE ...

LE SANG EST PRÊT POUR CAPTURER LA ROSE ROUGE.
QUE FAISONS-NOUS ?
HI HI...
PAS TOUT DE SUITE.
CLAP
JE VEUX D'ABORD QU'IL DEVIENNE ENCORE PLUS IMPORTANT...
AUX YEUX D'ANIS.
REMARQUE, JE PEUX AUSSI ATTENDRE QU'ELLE LE REPOUSSE.
AU MOINS, ELLE S'EN VOUDRA TOUTE SA VIE !
SHOUUU

HAAA, J'ADORE ANIS !

HIN HIN ...
TU ES COMPLÈTEMENT DÉTRAQUÉE !
TU ÉTAIS LÀ ?
BAH ...
FAIS COMME TU VEUX...
MAIS ...
JE T'INTERDIS DE TOUCHER ...
À MON MUTSUKI.
CENDRILLON ...

REVIENS AVANT LES DOUZE COUPS DE MINUIT, HEIN !
PRINCESSE DE PACOTILLE...
SHAAA
NE M'APPELLE PAS COMME ÇA !!
HA !
SALUT !
POF
...

JE LE DÉTESTE !!
TOUTES MES ROSES SE FICHENT DE MOI...
JE LES HAIS !
MIKAGE ...
TAP
PAS MOI, JE...
...
ON T'A TROUVÉE !!

C'EST VOUS QUI AVEZ FAIT ÇA, HEIN ?
TING

MAIS... JE L'AI DÉJÀ VUE QUELQUE PART...
GHHH
...
NOUS DEVRIONS NOUS RETIRER ...
!
SHii
ANIS ...
COMMENT EST-CE QU'ELLE CONNAÎT MON NOM ?
Ce soir aura lieu...
le final de la parade des hor-reurs !
Laissez-nous d'abord nous présenter...

ENCHANTÉE, PRINCESSE.
J'ÉTAIS SÛRE QU'ELLE AVAIT QUELQUE CHOSE À VOIR AVEC LE PACTE DE LA ROSE !
FOUIP
UNE PRINCESSE DE LA ROSE...
JE SUIS LA FAUSSE MAÎTRESSE.
DE PACOTILLE, COMME ON DIT.
ENCORE UN FAUX !?
QUANT À MOI...

CLAP
JE SUIS LA ROSE VIOLETTE, SHIDEN FUJINOMIYA.
UN FAUX CHEVALIER ...
UNE FAUSSE MAÎTRESSE...
... AVEC DE FAUX CHEVALIERS !?
SHIIII

J'AI QUATRE ROSES MOI AUSSI.
VIOLETTE ...
OR, ARGENT ...
GRISE ...
MÊME DES CARTES !
SI TU LES RENCONTRES, SOIT GENTILLE AVEC ELLES !
...
POURQUOI AVOIR FAIT DE TELLES HORREURS !?
CES GENS N'AVAIENT RIEN À VOIR LÀ-DEDANS...
CES SONT LES CARTES ARCANES, QUE TU VEUX ?
PFU
ÇA NE M'INTÉRESSE PAS PLUS QUE ÇA...

C'EST TOI QUE JE VEUX !
TOUT DE TOI !
... MOI !?
JE TE VEUX ...
JE TE VEUX ...
HEM..
JE TE VEUX ...
RESTONS-EN LÀ POUR CETTE FOIS.
SHAAA
MERCI D'ÊTRE VENUS !

VOUUUCH
À TRÈS BIENTÔT ...
ANIS !
UNE FAUSSE MAÎTRESSE...

QU'EST-CE QU'ELLE INSINUE, QUAND ELLE DIT...
QU'ELLE ME VEUT ?
ELLE FAIT PLUS FLEUR DE LIS QUE ROSE...
RÊVE DE GARÇON...
OUPS...
POURQUOI EST-CE QUE TU ROUGIS !?
À QUOI TU PENSES !?
CE N'EST QUAND MÊME PAS...
...
CRITCH
CRITCH

AUJOURD'HUI...
J'AI PARLÉ AVEC ANIS.
HA BON ?
...
ET C'EST TOUT ?
...
HEUREUSEMENT QUE TU N'ES PAS BLESSÉE NI MEURTRIE.
MA JOLIE MIKAGE...
OUI...
TU N'ES QU'UN MENTEUR... PÈRE.
END

Punishment 20 SHOOTING STAR

SHLAC
SHLAC
SHOUUA

HAA...
UN CHEVA-LIER...
POUR UNE MAÎTRESSE...
ET QU'EST-CE QUE JE SUIS CENSÉ FAIRE, MOI ?
DE TOUTE FAÇON, C'EST SEULEMENT...
GHH...

C'EST LA FILLE QUE J'AIME.
C'EST LA FÊTE !
ON A NOTRE 2E CARTE ARCANE !
POF
TADAAA
WHAA !!
WHAA !!
CLAP
CLAP
POF
...
GHH
ALORS POURQUOI EST-CE QUE PERSONNE N'EST VENU !?
NI TENJOH SENPAI ...
NI MUTSUKI ...
ITSUSHI SENSEI NON PLUS !!
NI MÊME KAEDE !!

KAEDE, JE SUIS PASSÉ LE CHERCHER CE MATIN…
MAIS IL ÉTAIT DÉJÀ PARTI.
C'EST VRAI QUE SANS LES AUTRES, ÇA FAIT UN PEU VIDE…
HEU, OUI…
CECI DIT, JE SUIS UN PEU SOULAGÉE QUE TENJOH SENPAI NE SOIT PAS LÀ…
HUM…
CE SONT LA FAUSSE MAÎTRESSE ET SON CHEVALIER DE LA ROSE VIOLETTE…
QUI SONT À L'ORIGINE DU TUMULTE AU PARC D'ATTRACTION, MAIS…
POUR AIDER LES GENS QUI ÉTAIENT BLESSÉS, J'AI DÛ EFFECTUER AVEC LA ROSE BLANCHE…
LE "PREMIER RÉVEIL".
HAA…

C'ÉTAIT LA PREMIÈRE FOIS...
JE TE VEUX COÛTE QUE COÛTE !
L'IVRESSE DE LA DOMINATION ABSOLUE...
MON CŒUR S'EMBALLE ENCORE EN REPENSANT À ÇA (MAIS PAS DANS LE BON SENS...).
GRRRRR
HAAA... J'AI ENVIE DE MOURIR TELLEMENT J'AI HONTE !
N'EMPÊCHE QUE...
DING DONG
C'EST BIEN LA PREMIÈRE FOIS QUE JE RESSENS QUELQUE CHOSE COMME ÇA.
CLANG
SALUT ANIS !
SALUT !

DES ÂMES LIÉES…
JE ME SUIS SENTIE… SI PROCHE …
BOUM
L'ESPACE D'UN INSTANT, J'AI COMPRIS LE SENS DE CES MOTS.
ET ZUT !
JE M'EMBALLE VRAIMENT POUR UN RIEN, CES TEMPS-CI.
PLAF
JE NE DOIS PAS ME LAISSER ALLER !
CLANG
DANS L'IMMÉDIAT…
JE DOIS ÊTRE UNE DOMINATRICE DE POIGNE !
SHII
ANIS …

MERCI POUR HIER !
JE ME SUIS BIEN AMUSÉE AVEC KAEDE, AU PARC.
GNII
MIKAGE ...
HEU... VRAIMENT ? TANT MIEUX, ALORS.
ELLE N'A PAS REMARQUÉ LES ÉVÈNEMENTS, NI QU'ON LA SUIVAIT.
IL PARAÎT QU'IL T'A LAISSÉE EN PLEIN MILIEU, ÇA A ÉTÉ ?
OUI...
IL T'EN A DÉJÀ PARLÉ, ALORS ?
VOUS VOUS ENTENDEZ BIEN, HEIN ?
BOUM
HEU ... !

NON ?
PFU...
VOUS ÊTES VRAIMENT DE BONS.... AMIS !
HEU ...
KAEDE ET MOI, C'EST PLUTÔT... COMMENT DIRE ?
AMIS ? NOUS DEUX !?
ALORS ...
DZIIH
VOUS ÊTES PLUS QUE ÇA ?
...
HA !
NON, PAS VRAIMENT...

TAP
KAEDE ET MOI, IL N'Y A RIEN DE PLUS QUE ÇA !
POURQUOI TU FAIS CETTE TÊTE ?
POUR ÊTRE CONVAIN-CANTE !
JE DOIS ME CONCENTRER SUR MON RÔLE DE MAÎTRESSE...
POUR LE MOMENT...
...

TOUTE MA BONNE VOLONTÉ D'ÊTRE DIGNE DE MON RANG…
N'A PAS EMPÊCHÉ TENJOH SENPAI ET MUTSUKI DE SÉCHER LES COURS UNE BONNE SEMAINE.
KAEDE !!
MAIS ATTENDS !
… QUOI ?
POURQUOI TU NE VIENS PLUS DANS LA BIBLIOTHÈQUE SPÉCIALE, TOI NON PLUS ?
SHII
TENJOH SENPAI ET MUTSUKI SONT ABSENTS DEPUIS UN MOMENT…
QUELQUE CHOSE NE VA PAS ?
VA SAVOIR …

TU N'AS QU'À LES APPELER AVEC LES CARTES.
JE NE PARLE PAS DE ÇA... !
J'AI COMME... LE CŒUR QUI S'EMBALLE...
TU CROIS QUE C'EST À CAUSE DE L'ÉVEIL ?
SI TU ES AU COURANT DE...
JE TE L'AI DIT, NON ? MÊME SI ON EST PAREILS...
JE ME FICHE DE CE QUE PEUVENT BIEN FAIRE LES AUTRES COULEURS !
BOUM
KAEDE ... ?
SURTOUT QUE TU...
GLOUP

WOUAAH !!
KAEDE !?
KAEDE ! CE NE SONT PAS DES FAÇONS DE PARLER À ANIS !
GRR
C'EST MOI QUI L'AI FAIT, LE PIÈGE DE LA BANANE 3.0.
HÉ HÉ !
IL FAIT TOMBER KAEDE À 120% !
SEIRAN !!
CLAP
CLAP
J'EN VEUX UN !

MOI AUSSI, JE ME POSAIS DES QUESTIONS SUR TENJOH SENPAI ET MUTSUKI.
TU PENSES QU'ON POURRAIT… ALLER LES VOIR CHEZ EUX ?
C'EST L'ÉGLISE EN HAUT DE LA COLLINE, NON ?
ANIS …
SHIII
MUTSUKI L'HABITE AUSSI, JE CROIS.
TU ES BIEN AU COURANT !
CHEZ EUX …
J'AI BIEN ENVIE, MAIS…
JE NE SAIS PAS TROP JUSQU'OÙ ON PEUT ALLER…
JE SUIS LEUR MAÎTRESSE…
ET EUX MES CHEVALIERS.
AMIS ? PLUS QUE ÇA ?
NON, RIEN À VOIR AVEC…
DOM
DOM
DOM
ÇA … ?

DOM
DOM
DOM
DOM
ANIS !!
GNI
!
RHODECIA !!

HIIIII !!
HYAAA !
HIIIII !!
IDERU !!
YAKOH !!
C'EST QUOI TOUT ÇA !?
NOTRE NOUVELLE CHANSON EST 1RE AU CLASSEMENT !
DOM
DOM
DOM
ET POURQUOI EST-CE QU'ON DOIT S'ENFUIR AUSSI !?
JE VOUS AI JUSTE HARPONNÉS AU PASSAGE !
DE TOUTE FAÇON, ON FUIT TOUT LE TEMPS !!
DAM
DAM
DAM
DAM
SI ON S'ARRÊTE ICI, ON VA ENCORE SE MÉPRENDRE SUR NOUS ET JE VAIS EN PRENDRE PLEIN LA FIGURE …
SEIRAN, TU N'AS PAS DES GADGET QUI POURRAIENT NOUS SERVIR ?
SI !
HEU, PAS ÇA… NON PLUS…
TOUJOURS PAS…
POM
TU EN AS BEAUCOUP DANS TES POCHES !?
POM

LA VOILÀ !
LA BALLE DE FUMÉE LUMINEUSE !
ANIS, JE T'EMPRUNTE UN PEU DE PUISSANCE !
VAS-Y !
JE VAIS LES AVEUGLER DANS CET ANGLE.
PRENEZ L'ESCALIER QUI GRIMPE !
GNiii
FOUU ...
KIIIH

HAAA...
C'ÉTAIT QUOI, ÇA... ?
TU AS DRÔLEMENT LA CLASSE, LA ROSE BLEUE !
CE PARFUM...
HA OUI, JE...
JE TRANSPIRE FACILEMENT...
DÉSOLÉ...
SHOUU
ほんお
AU FAIT, VOUS DEUX...
IL PARAÎT QUE VOUS AVEZ RENCONTRÉ ERA ?
ERA ?

ON LA SURNOMME AUSSI...
CENDRILLON.
C'EST LA FAUSSE MAÎTRESSE.
OUI ...
VU TA TÊTE, TU AS COMPRIS QU'ELLE N'EST PAS FACILE ON DIRAIT.
NOUS, ON N'A PASSÉ AUCUN PACTE AVEC ELLE, ET ON N'EST DU CÔTÉ DE PERSONNE !
PAS CONTRE, MÊME SI SES CHEVALIERS SONT FAUX, MÉFIEZ-VOUS.
SURTOUT DU GRIS ...
DRIIIING

CLIC
HAA... MANAGER ?
DE TOUTE FAÇON, ON NE PEUT PAS BOUGER DU TOIT, ÇA VOUS VA ICI ?
POUR LA SÉANCE... EN PLUS ILS SONT LÀ !
NOS AMIS ...
HUM ?
AMIS ?
CLAP
PUISQU'ON VOUS A DONNÉ DES INFORMA-TIONS...
À VOUS DE NOUS AIDER !
C'EST POUR LE TRAVAIL ...

SHLAC
"LE VRAI VISAGE DES PLUS GRANDES IDOLES" !
"RHODECIA TEL QUE SEULS LEURS AMIS LES CONNAISSENT".
SHLAC
GÉNIAL ! SUPER !
J'HALLUCINE...

VOUS NOUS METTEZ BIEN EN VALEUR !
RIDICULE...
ON VA FAIRE UN NUMÉRO SPÉCIAL RHODECIA DANS LE PROCHAIN MAGAZINE ...
ALORS ON A AUSSI BESOIN DE PHOTOS D'EUX AU NATUREL DANS LEUR ÉCOLE.
JE VOIS ...
N'EMPÊCHE QUE J'AURAIS PRÉFÉRÉ EN CLASSE, OU DANS DES SITUATIONS PLUS RÉA-LISTES...
MAIS AVEC TOUS LES FANS, C'EST LE MIEUX QU'ON PUISSE FAIRE.
SHLAC
SHLAC
C'EST CLAIR !
ON DOIT FINIR PENDANT QUE LA MANAGER ARRIVE À LES RETENIR DERRIÈRE LA BANDE...
LA PAUVRE...
KEEP OUT
SHLAC
SHLAC
....
DIS, TOI ! L'AMI A ! TU PEUX TE RAPPROCHER UN PEU ?
ON CHANGE LES PLACES !
AMI... POURQUOI NOUS ?
PFU...
HI HI !
DANS UN SENS ...

VOUS ÊTES AUSSI CEUX QUI NOUS CONNAISSEZ LE MIEUX.
SHIII
DIS, TOI !
FOUIP
FOUIP
MOI ?
TU NE VOUDRAIS PAS RÉPONDRE À UNE PETITE INTERVIEW, EN TANT QU'AMIE ?
EN TANT QU'AMIE ... ?
SI VOUS VOULEZ...
ALLEZ, POUR ÊTRE HONNÊTE ...
TU ES LA COPINE D'UN DES DEUX ?
NON ?
QUOI !?
PAS DU TOUT !!

Vrai-
ment
?
Pour-
tant
Yakoh
vient de
dire...
Que
vous
êtes ceux
qui les
connaissez
le mieux
...
C'est
un
malen-
tendu
!!
SHIIII
Et
toi
...
Tu
aimes les
sacs de
marque ?
Pardon
?
Vous
vou-
lez
m'a-
che-
ter !?
J'aimerais
en savoir
plus sur
eux.
Il
paraît
qu'ils
viennent
d'un
centre
pour
orphelins
?
On ne
sait pas
grand-
chose
de leur
passé...
On dit
même qu'ils
ont eu une
période très
noire...
C'est
qui, ce
type !?
...

N'IMPORTE QUOI, JE VEUX JUSTE DES INFOS.
HA, PAS POUR LEUR FAIRE DU TORT, HEIN ! DISONS QUE ÇA ALIMENTERAIT LE MYTHE...
QUEL BONHOMME INFECT !!
JE N'EN SAIS RIEN !
MÊME SI C'ÉTAIT LE CAS, JE NE VENDRAIS JAMAIS MES AMIS !
ATTENDS ...
DITES, LES DEUX !
ILS SE FICHENT DE VOUS !
ILS NE ME POSENT QUE DES QUESTIONS SUR VOTRE PASSÉ, ILS SONT BIZARRES !
HUM ...

BAH ...
ET ALORS ?
GNIII
HEIN ?
C'EST TOUT ?
MAIS ...
C'EST NOTRE TRAVAIL !
POF
NOUS ...
CE N'EST PAS ÇA QUI NOUS ÉBRANLERA.
PROCHAIN SHOOTING, DÉSHABILLEZ-VOUS !
D'AC-CORD !
HEIN ?

SUR LE TOIT EN PLEIN HIVER !?

SHLAG
SHLAG
C'EST BIEN ! REGARDEZ PAR ICI !
JE SAIS QUE CE SONT DES IDOLES, MAIS...
ILS N'ONT PAS BESOIN D'EN FAIRE AUTANT...
HA !
TU NE PEUX SANS DOUTE PAS LE COMPRENDRE...
MAIS IL Y A DES CHOSES QU'ON VEUT AU POINT D'ALLER JUSQUE-LÀ S'IL LE FAUT.

IL NE DISAIT PAS ÇA EN PARLANT DE LEUR TRAVAIL, MAIS...
LE VENT FAIT DU BIEN...
ILS ONT BEAUCOUP DE MÉRITE.
...
QUEL ACHARNE-MENT...
ÇA S'APPELLE DE LA FIERTÉ.

BOM
BOM
QUOI !?
BOM
BOM
OUVREZ !
ON SAIT QUE RHODECIA EST LÀ !
WOUAH ! LES FANS SONT ARRIVÉES !
LA POISSE, ELLES ONT PASSÉ LA BARRIÈRE DU BAS !
AU CONTRAIRE, C'EST UNE AUBAINE !
ILS SONT RAYONNANTS !
NOUS NON PLUS…
ON NE SE LAISSERA PAS ABATTRE !

CE SERAIT GÉNIAL D'AVOIR DES PHOTOS DE RHODECIA À DEMI NUS EN TRAIN DE SE FAIRE ARRACHER LEURS VÊTEMENTS...
PAR DES FANS EN FURIE !
OUVRE LA PORTE !
...
MAIS... ELLES POURRAIENT SE BLESSER AUSSI !
SALE PERVERS !
GRRR
BAAAAH
C'EST BLOQUÉ ?
OUI, COINCÉ...
CLAP
CLAP
ON Y VA !!

CHUUU
TOP
PLAF

SHOUU
FUYONS !!

UN, DEUX ...

KAEDE ! ACCROCHE ÇA !
BAAH
OK !
SHAAAAA
SHAAAAA
DOING
DOING

SUPER, SEIRAN !
KAEDE AUSSI !
JE TE JURE, TOI...
FÉLICI-TATIONS, ANIS !
CELUI-LÀ, C'EST BIG MARSH-MALLOW 2 !
GHH...

ON N'AVAIT PAS BESOIN DE VOTRE AIDE...
VOTRE TRAVAIL, C'EST VOTRE CORPS, NON ?
IL FAUT LE MÉNAGER !
...
QU'EST-CE QUE ÇA PEUT TE FAIRE !? ON EST ENNEMIS !
CE QUE ÇA ME FAIT ?
IL Y A DES CHOSES QUE TU VEUX ABSOLUMENT, NON ?
MOI AUSSI, IL A DES TRUCS QUI ME TIENNENT À CŒUR.

JE VEUX AIDER MES CAMARADES.
GMIII
CAMARADE !? J'AI DIT QU'ON ÉTAIT ENNEMIS !!
GRRRR
JUSTEMENT...
ON N'EST PEUT-ÊTRE PAS AMIS...
ET MÊME EN RIVALITÉ...
MAIS ON EST LES MÊMES !
ON EST TOUS DES ROSES !

POF
PFU !
J'HAL-LUCINE... RINGARDE !
J'AI JURÉ À UN AMI PRÉCIEUX...
QUE PLUS PERSONNE NE SOUFFRIRAIT...
À CAUSE DU PACTE DE LA ROSE.

POUR MOI, C'EST ÇA LE "PACTE ULTIME".
C'EST MA VISION D'UNE "MAÎTRESSE".
HA ...
HA HA HA !
GLOUP
GNIII
... !?

DÉCIDÉMENT, TU ES VRAIMENT LA MEILLEURE.
...
QUOI !?
BOUM
DE BUT EN BLANC ?
ANIS...
JE VEUX DIRE QUE TU ES MARRANTE.
QUEL QUE SOIT LE NOM QUE PORTE CETTE RELATION...
PARDON !? J'ÉTAIS SINCÈRE, MOI !
JUSTEMENT, C'EST POUR ÇA...
TU NE POURRAS PAS ÉCHAPPER À TES SENTIMENTS.

TU TE PRENDS POUR QUI... ?
MAIS...
ALLEZ, DÉPÊCHE-TOI UN PEU !
ÇA VIENT...
JE SUIS CONTENTE DE LE RETROUVER COMME IL EST D'HABITUDE.
NOUS SOMMES TOUS DES PARTENAIRES.
ANIS, PRENDS MA MAIN AUSSI !

J'AI LE CŒUR QUI S'EMBALLE... LES MOTS...
SONT PRESQUE SYNCHRONISÉS À MES PULSATIONS, IL VAUT MIEUX BOUGER UN PEU.
HUM ...
BOUM
BOUM
BOUM
"SI TU AS DU MAL À LE SUPPORTER, JE PEUX TE REJOINDRE."
ALLONS VOIR CHEZ TENJOH SENPAI !
MAIS...

POURQUOI EST-CE QUE JE SUIS AUTANT PERTUR-BÉE ?
LEQUEL DE NOUS SOUFFRE LE PLUS ?
BOOOM
BOOOM
BOOOM

ALLONS-Y, MUTSUKI.

LAISSE-MOI FOUILLER DANS TON CERVEAU !
SHiiii

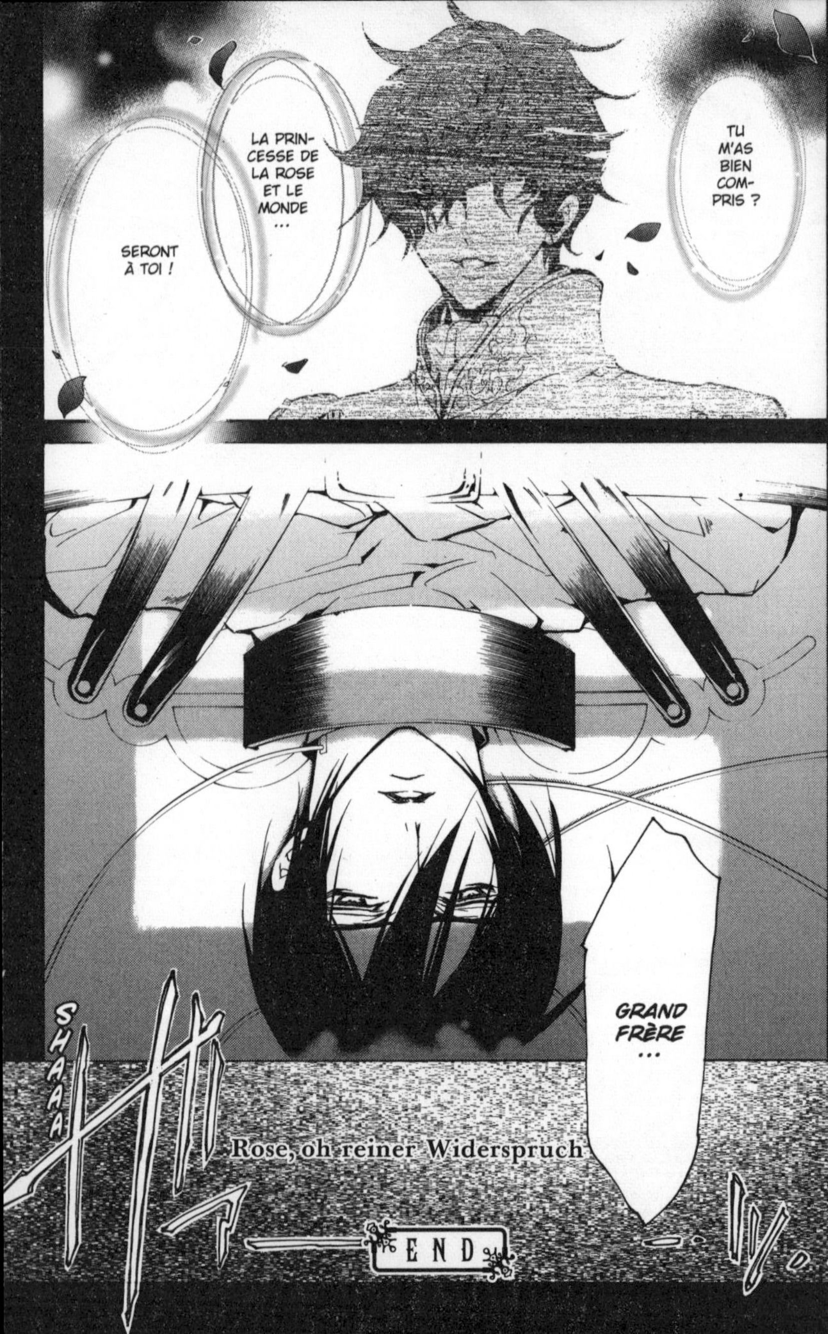
TU M'AS BIEN COM-PRIS ?
LA PRIN-CESSE DE LA ROSE ET LE MONDE ...
SERONT À TOI !
GRAND FRÈRE ...
SHAAAA
Rose, oh reiner Widerspruch
END

Punishment 21 Jour faste chez les Tenjoh

COMME TENJOH SENPAI ET MUTSUKI NE VENAIENT PLUS DEPUIS UNE SEMAINE...
ON A VOULU ALLER VOIR COMMENT ILS ALLAIENT CHEZ EUX, MAIS...
C'EST QUOI...
ÇA !?
BAAAAAH
Pour ma princesse Anis.
Ton Mitsuru

PETIT COIN DE POÉSIE DE KISS OF ROSE PRINCESS.
QUOI ? JE TE GAVE ?
ÇA VEUT DIRE QUE TU M'AIMES ?
PAS TOUT À FAIT, MIKAGE...

"TON MITSURU"... POURQUOI EST-CE QU'IL EST AUSSI NIAIS QUE D'HABITUDE !?
JE ME FAIS DU SOUCI, ET LUI IL NE RÉPOND NI AUX APPELS NI AUX MESSAGES...
MÊME EN ALLANT CHEZ LUI...
WHAA ! ANIS EST EN TRAIN D'EXPLO-SER !
SES BOUFFONS NOUS REFOULENT PARCE QU'ON N'A PAS DE "SOLATION" !
ON DIT "SOLUTION".
HAA...
"SOM-MATION" !!
DONNE-LA À ANIS S'IL M'ARRIVE QUELQUE CHOSE.
CETTE BOÎTE À TOUJOURS ÉTÉ AU FOND DE LA BIBLIOTHÈQUE SPÉCIALE.
CETTE PRECAUTION ÉTAIT VRAIMENT INDISPEN-SABLE.
DE TOUTE FAÇON, TU TE TROMPES !
JE ME SUIS DIT QU'IL ÉTAIT TEMPS, C'EST TOUT.
ALORS ...
PLAF

TU M'EX-PLIQUES CE QUE ÇA VEUT DIRE ... ?
DU COSPLAY DANS UN MOMENT PAREIL !?
EN PLUS C'EST PILE MES MENSU-RATIONS...
SALE PERVERS !!
HA !
J'AI DÉJÀ VU CET UNIFORME ...

L'UNIFORME DES EMPLOYÉS DES TENJOH !
REGARDE, DANS CE MAGAZINE...
FLAP
DES SERVITEURS ...
ET ...
DONC ?
HEU ...
VA SAVOIR ...
JE NE SAIS PAS À QUOI PENSENT LES PERVERS, MOI...
VOUS N'AVEZ QU'À LES METTRE POUR VOUS INTRODUIRE CHEZ LUI !
NINUFA !
ENTENDU...
JE RELÈVE LE DÉFI !
ON VA S'IMMISCER CHEZ LUI !
QUOI !?

DING DONG
OUI ?
RÉSIDENCE DES TENJOH ...
OUVREZ, ALLEZ !
GHH
KAEDE !
SI TU LES FROISSES, TOUT EST FICHU !
NOUS SOMMES LES NOUVEAUX SERVITEURS ...
MERCI BEAUCOUP D'AVANCE !

Kiiiih
DES NOUVEAUX ? HA, VOTRE UNIFORME ...
ENTREZ !
OUAIS !
SÉRIEUX !?
LE TIEN EST UN VRAI, MAIS LE NÔTRE EST SEULEMENT FAIT MAIN ...
HEUREUSEMENT, ILS N'ONT RIEN VU.
C'EST PARCE QUE TU AS DES DOIGTS DE FÉE, SEIRAN !
BON, ALLONS-Y !
ANIS, TES HABITS TE VONT TRÈS BIEN.
TU ES VRAIMENT MIGNONNE.
HEU... TU TROUVES ?
POUR ÊTRE HONNÊTE ...
J'AI TOUJOURS EU UN PEU ENVIE D'EN METTRE UN, POUR ES-SAYER...
QUOI, KAEDE !?
TU VAS ME DIRE QUE CE N'EST PAS MON GENRE, HEIN ?
OUI.

IM-BÉCILE DE...
NON...
MOI, JE PRÉFÈRE ...
QUAND TU ES NATU-RELLE.
... QUE...
FOUIP
HA OUAIS !?
TAP TAP TAP
J'AI FAILLI DÉFAILLIR, L'ESPACE D'UNE SECONDE !!

SHIII
BON ... ÇA NE SUFFIT PAS, ON DIRAIT.
!
GNII
ON EST SUR LE TERRITOIRE DE LA ROSE BLANCHE, NON ?
SI ON VEUT S'INFILTRER, IL VA FALLOIR Y METTRE DU NÔTRE !
KAEDE, TU AS QUELQUE CHOSE DERRIÈRE LA TÊTE ?
HEIN ?
HUM ...
JE ME DEMANDE DANS QUEL SENS IL DIT CELA...
CRATCH
CRATCH
DITES ...

UNE HEURE PLUS TARD...
ENCORE ICI !?
COMMENT EST-IL POSSIBLE DE SE PERDRE CHEZ EUX !?
ROUL
ROUL
LA BOUSSOLE...
ELLE EST COMPLÈTEMENT DÉRÉGLÉE !
CE N'EST PAS L'AMAZONIE !!
ON DIRA CE QU'ON VOUDRA, C'EST TROP GRAND !!
POURQUOI EST-CE QU'ON NE SE SERVIRAIT PAS DE NOS POUVOIRS ?
L'INTUITION MASCULINE, PAR EXEMPLE !
TU PARLES D'UN CHEVALIER !
C'EST À CAUSE DE ÇA QU'ON TOURNE EN ROND !!
SHOUU
...!
ATCHOUM !

ATCHOUM !
ATCHOUM !
ATCHOUM !
QU'EST-CE QUE TU AS, SEIRAN ?
SNIF
JE CROIS...
QUE C'EST PAR LÀ...
ÇA SENT TRÈS FORT LES ROSES !
Allergique aux roses.
ATCHOUM !
CE SERAIT LÀ-BAS ?
DZAAAAH
TAP

BON RETOUR CHEZ VOUS, MONSIEUR MITSURU !
BONJOUR À TOUS !
CLING
CLING
CLING

IL VA SUPER BIEN !!
MERCI BEAUCOUP POUR LE CULTE DOMINICAL.
DE RIEN.
QU'IL EST BON DE RENTRER CHEZ SOI.
MOI QUI ME FAISAIS DU SOUCI...
TOUTES CES ROSES BLANCHES QUI VOLENT ...
CECI DIT, C'EST UN TAPIS ROUGE QUE JE PRÉFÈRE FOULER.
HA HA HA HA HA !
IL EST AUSSI ÉNERVANT QUE D'HA-BITUDE !!
GRR

RIEN À SIGNALER, AUJOURD'HUI ?
NON...
HA !
TROIS NOUVEAUX SERVITEURS SONT ARRIVÉS, MAIS...
CELA FAIT UNE HEURE, ET ILS NE SONT TOUJOURS PAS ICI.
DÉSOLÉ, ON EST CACHÉS !
HUM...
ILS MANQUENT SANS DOUTE DE SENS DE L'ORIENTATION.
FAITES EN SORTE QUE CES JEUNES GENS...
NE S'APPROCHENT EN AUCUN CAS DE LA FAMEUSE PORTE.
LA "FAMEUSE PORTE" !?

PERSONNE NE DOIT JAMAIS ENTRER…
DANS LA PIÈCE.
TAP
TAP
DE QUOI EST-CE QU'IL PARLAIT ?
VU LE TON QU'IL A PRIS…
EN PLUS, J'AI LE CŒUR QUI S'EMBALLE ENCORE UN PEU…
Hii Hii
À TOUS LES COUPS IL CACHE UN TRUC DONT IL A SUPER HONTE !!
ATCHOUM
ATCHOUM
C'EST CLAIR…
ON DOIT À TOUT PRIX DÉCOUVRIR CE QUE C'EST !!

IL VA REGRETTER DE M'AVOIR OBLIGÉE À M'HABILLER COMME ÇA !
ON VA DÉCOUVRIR SON POINT FAIBLE !
ANIS, CE N'EST PAS CE QU'ON AVAIT DIT...
OUAIS !
QUAND JE PENSE QUE TENJOH SENPAI EST RAYONNANT DE VIGUEUR...
VU LE SOUCI QUE JE ME SUIS FAIT POUR LUI, C'EST LA MOINDRE DES CHOSES !
BIEN ...
VOUS ALLEZ COMMENCER PAR DE PETITS MÉNAGES.

LA BARAQUE AUSSI EST IMMENSE ...
SE PROTÈGE ...
TAP
LA DEMEURE DES TENJOH COMPORTE BEAUCOUP DE PIÈCES, MAIS VOUS NE DEVEZ SURTOUT PAS...
OUVRIR LES PORTES D'UNE SALLE QUI NE VOUS A PAS ÉTÉ ATTRIBUÉE.
BIEN !
TU PEUX TOUJOURS CAUSER...
!

DAAAAAAH
DAAAH
DADAAAAAH

EN SOUVENIR DU 1ER RÉVEIL
PEINTURE À L'HUILE.
GLOUP
HIIII !
T'ES ...
T'ES TOMBÉ DESSUS DIRECTEMENT !?

GLAP
QUE !?
DIS DONC, TU VIENS D'OUVRIR LA...
JE N'AI RIEN VU !!
RIEN DU TOUT !!
CE N'EST PAS ÇA QUI VA M'ARRÊTER, DE TOUTE FAÇON.
BON, OCCUPEZ-VOUS DU COULOIR.
BIEN !
C'EST PARTI !
ON VA TOUTES LES INSPECTER !!
EN-TENDU.

CLAP
LA SALLE DES UNI-FORMES !!
DAAAAH
ILS SONT TOUS PA-REILS !
CLAP
LES TOI-LETTES !
CLING
...?
CLING
HA, LÀ !
CLING
HEIN ? HA...
CLAP
LE PARADIS DES ANIMAUX SAUVA-GES ?
POOOOOON
...
HEIN ?

BOM
ROUC
ROUC
VISAGE IMPRIMÉ.
ROUC
ROUC
J'HAL-LUCINE !!
ROUC
ROUC

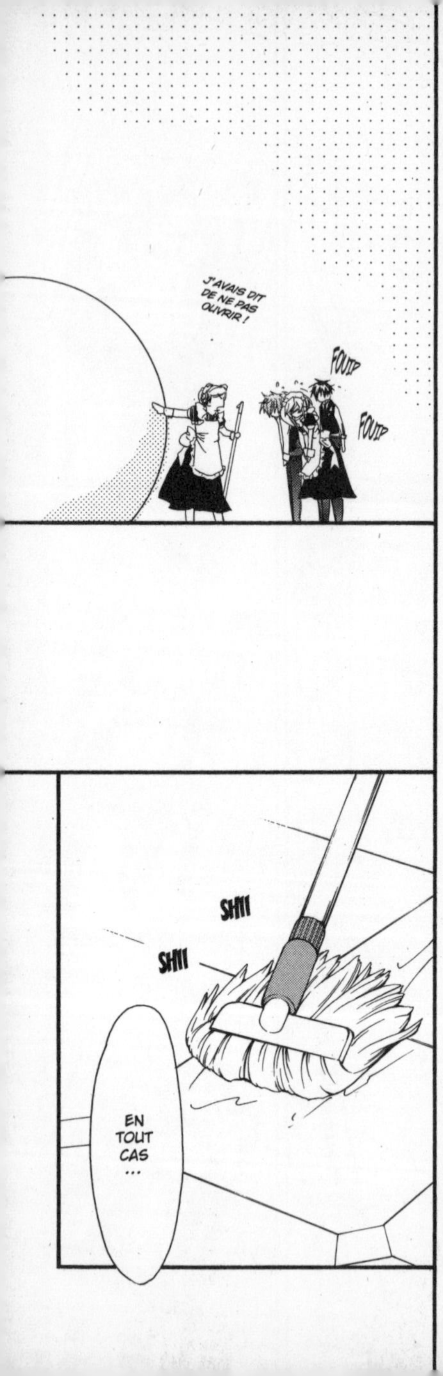
J'AVAIS DIT DE NE PAS OUVRIR !
FOUIP
FOUIP
SHIII
SHIII
EN TOUT CAS ...

ぐったり
ÉPUISÉS...
ON N'EST VRAIMENT PAS DE CE MONDE !
VU LES CAPACITÉS QUE SEMBLE AVOIR TENJOH SENPAI ...
JE ME DEMANDE S'IL A UN POINT FAIBLE !
TOUT LE MONDE EN A UN !
SI ÇA SE TROUVE ...
IL N'EST MÊME PAS HUMAIN, C'EST PRESQUE POSSIBLE AUSSI...
BRR
BRR
ON EST DÉJÀ DEUX PARMI TES CHEVALIERS !
MUTSUKI ET MOI !
NE BAISSEZ PAS LES BRAS !

COMME TU VOUDRAS !
JE VAIS LE CHERCHER !
SEIRAN ?
MUTSUKI !!
HA, LUI ...
IL EST À L'ÉGLISE DE LA PROPRIÉTÉ, NON ?
ÇA IRA PLUS VITE SI ON LUI DEMANDE D'UTILISER SES FILS MAGIQUES POUR TROUVER LA PORTE EN QUESTION.
BONNE IDÉE.
DE TOUTE FAÇON, JE VOULAIS VOIR COMMENT IL VA, ÇA TOMBE PLUTÔT BIEN.
BON ...
JE COMPTE SUR TOI, SEIRAN !

JE VAIS REGARDER PAR-LÀ AUSSI, ALORS.
KAEDE, ATTENDS !
TAP
TU N'AURAS JAMAIS L'AIR D'UN VRAI INTENDANT...
SI TU VAGABONDES COMME ÇA TOUT SEUL !
...
JE TE PRÊTE MON GEL, ARRANGE UN PEU TES CHEVEUX !
TIENS !
FROT
QUELLE IMPORTANCE... ?
JE NE SAIS MÊME PAS COMMENT EN METTRE... !
HEIN ?
SI TU VEUX VRAIMENT, ALORS...
SHIII

C'EST TOI...
QUI VA ME LE METTRE.

... HEIN ?
TOI ALORS ...
JE TE JURE...
さら..
FROT
HUM ...
TES CHEVEUX SONT TROP SOUPLES, CE N'EST PAS FACILE...
FROT
HA BON ... ?
HEU ...
TU ME CHATOUIL-LES !
BOUGE PAS !
VOILÀ !
C'EST FINI !

D'AC-
CORD !
J'ESPÈRE
QUE TU VAS
RÉUSSIR !
MERCI.
BON,
J'Y VAIS.
FOUIP
C'EST
COMMENT
?
GLOUP
HIIII
!?

...
PAS TROP MAL...
HA BON ?
MAIS ...
GNii
TU ES MIEUX AU NATUREL !
...
TON REGARD EST TROP PERÇANT...
ALORS NE ME REGARDE PAS COMME ÇA, JE RISQUE D'ÊTRE VRAIMENT GÊNÉE...
TAP
TIENS !

TOI ?
TU ES LE NOUVEAU, C'EST BIEN CELA ?
FOUIP
LA POISSE ! TENJOH SENPAI NOUS A TROUVÉS !!

TAP
OUI ...
TANT PIS, JE SUIS DÉCOUVERT...
SALUT.
ON S'EST PERMIS D'ENTRER ...
TENJOH SENPAI ...
APPELLE-MOI "MAÎTRE" !
Kiiii !!
IL EST SÉRIEUX !?

TU TOMBES BIEN, EMMÈNE CETTE STATUE AU FOND.
BIEN, MAÎTRE.
HOP ...
CE N'EST PAS TRÈS LOURD...
SHII
CET OBJET ...
PÈSE AUTANT QUE MA VRAIE COPINE !
QUOI !?
FRIITCH
UNE REPRODUCTION EN VÉNUS DE MA PRINCESSE ANIS.
WOUAAAH !!
PLAF

HA !
HAA …
CLIIIING
DIRE QUE C'ÉTAIT UNE PORCELAINE BLANCHE ÉLABORÉE PAS UN ARTISTE DE RENOMMÉE INTERNATIONALE…
GRR
QUE POURRAIS-TU FAIRE POUR ME REMBOURSER … ?
GRR …
GLOUP
QUI FERAIT FAIRE CETTE HORREUR À UN ARTISTE DE PAREIL RENOM !?
BRR
BRR
WOUAAAAH !!
CETTE VOIX…

A...
ARRÊTEZ, PAS ÇA...
SEIRAN !?
LAISSE-TOI FAIRE...
C'EST UN ORDRE DE MONSIEUR MITSURU !
WHAA !
IL VEUT QU'ON IMAGINE UNE COMPOSITION FLORALE AVEC DES ROSES SUR LE PETIT NOUVEAU !
JE VOUS EN PRIE...
WHAA !
ATCHOUM !
ATCHOUM !
SEIRAN AUSSI S'EST FAIT ATTRAPER !

KAEDE ! SEIRAN !
VOTRE SACRIFICE NE SERA PAS VAIN !
S'ENFUIT...
MÊME SEULE, JE TROUVERAI CETTE FAMEUSE PORTE.
JE N'AI PAS ENCORE REGARDÉ ICI...
FOUIP
キョロ
FOUIP
キョロ

C'EST SOMBRE ...
... QUE...
MUTSUKI ... ?

NON...
GLOUP
IL N'EST PAS DANS SON ÉTAT NORMAL.
MAIS ...
CE N'EST PAS LE MUTSUKI QUE JE CONNAIS.
SHIII
HA ...
ATTENDS !

TU NE DOIS PAS REGARDER ÇA.
BAAAH
...?

TENJOH SENPAI...
À CET INSTANT...
J'AI RÉALISÉ...
JE NE DOIS PAS VOIR... ÇA ?
QUE MÊME SI JE N'AVAIS PAS ÉTÉ INVITÉE ICI...
TU PENSES POUVOIR ...
OUBLIER CE QUE TU AS APERÇU ?
J'ÉTAIS VENUE CAR J'AVAIS SENTI SON APPEL.

OU BIEN ...
... HEIN ?
ACCEPTES-TU D'ÊTRE MA MAÎTRESSE À MOI SEUL ?
SES MOTS RESSEMBLAIENT HORRIBLEMENT À DE L'AMOUR, MAIS...
ILS N'EXPRIMAIENT EN FAIT QUE DU REJET.
END

AU FOND DE LA DEMEURE DES TENJOH, JE SUIS TOMBÉE…
SUR QUELQUE CHOSE QUI RESSEMBLAIT FORTEMENT À MUTSUKI.
TU PENSES POUVOIR OUBLIER CELA ?
Punishment 22
OU BIEN ACCEPTES-TU D'ÊTRE MA MAÎTRESSE À MOI SEUL ?
GNII

BAM
PAS QUESTION DE LUI DONNER UNE RÉPONSE QUI NE ME PLAIRAIT PAS NON PLUS !!
NI L'UN NI L'AUTRE !
HAA...
JE NE TOMBERAI PAS DANS LE PANNEAU !!

Punishment 22 TABOO

OÙ EST ...
LE VRAI MUTSUKI ? IL VA BIEN ?
GNII
MUTSUKI ...
EST DANS L'ÉGLISE DE LA PROPRIÉTÉ... DANS SA CHAMBRE.
CASH...
... HEIN ?
C'EST LOIN D'ICI ?
IL Y A UN COULOIR DIRECT POUR LES EMPLOYÉS, JE VAIS TE MONTRER.
PETIT COIN DE POÉSIE DE KISS OF ROSE PRINCESS.
QUOI ? JE TE GAVE ?
C'EST DE L'AMOUR, C'EST ÇA ?
ÉCŒURANT...
BÈÈÈÈH...

D'AC-CORD...
MERCI.
PLAAATCH
CE QUE JE VIENS DE VOIR...
A DISPARU AU FOND DE CE COULOIR...
DANS UN BRUIT D'EAU...
ROUL
ROUL
JE NE DOIS PAS ME RE-TOURNER...
CLANG
TAP
DIS...
C'ÉTAIT QUOI, À L'INS-TANT ?
TAP
TAP

SHLING
JE NE TE LE DIRAI PAS !
GRRR
ET EN PLUS IL OSE BOUDER !!
RÉPUGNANT !
HA !
ALORS IMAGINE ...
QUE C'EST UNE DES SEPT MERVEILLES DE LA MAISON !
HÉHÉ !
GHHH...
GHHH...
J'AI VU PLUS DE SEPT TRUCS INEXPLICABLES, DEPUIS QUE JE SUIS ENTRÉE...
C'EST UN PEU COMME UN ESPRIT, IL VAUT MIEUX...
NE PAS LE VOIR.
IL RECOMMENCE...
IL ME REGARDE TOUJOURS AVEC DOUCEUR QUAND IL VEUT ME DUPER.

DÉ-SO-LÉE, MAIS...
TU MENS !
EN RÉALITÉ, TU ESPÈRES SECRÈTEMENT QUE JE VAIS INSISTER !
JE LIS EN TOI COMME DANS UN LIVRE !
MAINTENANT QUE NOS ÂMES SONT LIÉES...
...
JE VOIS...
AVEC CE 1ER RÉVEIL, TU RESSENS FACILEMENT TOUS MES SENTIMENTS ?
ET OUI !
JUSTE CERTAINES FOIS...
HÉ HÉ HÉ !
ALORS TOUT CE QUE JE VOUDRAIS QUE TU ME FASSES AUSSI... ?
PAR EXEMPLE ÇA, OU ENCORE ÇA...
HAAAA...
HAAAA...
LA FERME !!
ÇA, JE N'EN SAIS RIEN !!
SHIII
...
JE SUIS SÛRE QUE TU POURRAIS DÉCELER LA VÉRITABLE NATURE DE MUTSUKI AUSSI...
QUE... ?

JE T'AIME, MA PRINCESSE ANIS.
SHiii
POM

QUE ...
DE QUEL DROIT EST-CE QUE TU ME TOUCHES !?
BLOM
SHIII
SHIIIII
HEIN !?
C'EST ...
SEULEMENT EN TANT QUE DIRIGEANTE, HEIN ?
BIEN SÛR.
C'EST LA MAÎTRESSE DES ROSES, QUE J'AIME.
GNIII

TIENS, REPRENDS ÇA !!
POUR LA SUITE, JE PEUX CONTINUER SEULE !
TAP
TAP
BON ...
POUR UNE FOIS QUE NOUS SOMMES TOUS RÉUNIS, AVEC LES AUTRES ROSES...
JE VAIS ORDONNER UN GRAND REPAS POUR CE SOIR. JE VOUS ATTENDRAI !
DÉSOLÉE, UNE FILLE NE DOIT JAMAIS DIRE "JE T'AIME".
LA PRO-CHAINE FOIS ...
QUE TU ME REDIS ÇA, JE...
JE LE SAIS BIEN !

CLING
CLING
CLING
TU AURAS MÊME LE DROIT DE ME METTRE LA FESSÉE !
DÉGOÛ-TANT !!!
JE SAIS, MAIS ...

C'EST LA SEULE FAÇON D'AIMER..
QUE JE CONNAISSE.

ALORS... LA PORTE ARRIÈRE, LA PORTE ARRIÈRE ...
キョロ
HA !
FOUIP
キョロ..
GNIiii
C'EST ÇA ?
C'EST LUGUBRE ...
MUTSUKI EST LE DERNIER SURVIVANT DU PEUPLE DES TÉNÈBRES...
IL VIT ENCORE SEUL DANS UN ENDROIT AUSSI GLAUQUE ?
ET A PASSÉ DE LONGS, TRÈS LONGS MOMENTS ENDORMI, SEUL.
...
DES GÉMISSE-MENTS !?
IL NE SE SOUVIENT MÊME PLUS DU PASSÉ...

MUTSUKI ...
GRAND FRÈRE ...
HEIN ?
IL N'A VRAIMENT PAS L'AIR BIEN...
MUTSUKI, ÇA VA !?
MUTSU ...
GHHH
BAAH
HA !

COMME D'HABITUDE LUI AUSSI...
QU'EST-CE QUE TU FAIS ICI ?
HEU ...
JE M'INQUIÉTAIS...
DIS ...
TU VIENS DE PARLER DE TON GRAND FRÈRE ...
TA MÉMOIRE T'EST REVENUE, ALORS ?
...
ÇA NE TE REGARDE PAS.
KIIIH
À L'HEURE QU'IL EST, BIEN SÛR QUE SI !
C'EST À CAUSE DU PACTE ULTIME QUE TU AS RETROUVÉ TES SOUVENIRS, HEIN ?
QU'EST-CE QUE ÇA PEUT TE FAIRE ?
GNIII
ÇA, JE VERRAI APRÈS.
BLAM

MUTSUKI... !?

GNiii
...

LA DERNIÈRE CHOSE DONT JE ME SOUVIENNE...
AVANT DE M'ÊTRE ENDORMI...
C'EST D'AVOIR...
DE MES MAINS...
TUÉ MON PROPRE FRÈRE.

TU AS PEUR ?
SHII
...
SI C'EST LE CAS ...
N'ESSAIE PLUS DE FOUILLER EN MOI À LA LÉGÈRE.
C'EST...
LA ROSE NOIRE DE LA GÉNÉRATION PRÉCÉDENTE.

JE SUIS UN MEMBRE DU PEUPLE DES TÉNÈBRES.
NOUS NE SOMMES PAS PAREILS.
TAP
TAP
GNIII
HUM...
LA PRINCESSE DE LA ROSE...
CETTE VOIX EST PLUS FORTE QUE MES SOUVENIRS...
OU MÊME MES HALLUCINA-TIONS...
ELLE EST À MOI....
ELLE ME RONGE....

C'EST CELLE… DE MON FRÈRE ? NON, LA MIENNE… ?
JE …
TU NE TE SOUVIENS PAS ENCORE DE TOUT ?
QUEL TRAÎNARD …
HYOUUUU
UNE VOIX… D'ENFANT ?
TU PRÉFÈRES MOURIR, POUR VOIR ?
WHOOOO

WHOOOOOO
WHOOOOOO
SHOOUUUUU
UNDEAD !!
WHOOOOOO
POURQUOI EST-CE QU'UN MONSTRE AUSSI PUISSANT M'ATTAQUE D'EMBLÉE DE JEU... ?
WHOOOO

GHH ...
SANS MES POUVOIRS DE CHEVALIER ?
COMMENT FAIRE POUR ME DÉFENDRE...
MUTSUKI !!
ANIS !
N'APPROCHE PAS !
ENTRE LES TESTS, LES MENACES...

DÉCIDÉMENT, MES CHEVALIERS…
ME DONNENT VRAIMENT…
DU FIL À RETORDRE !!
CHU
JE SUIS TA MAÎTRESSE, NON ?
"JE SUIS À TES CÔTÉS".
CE BAISER REMPLACERA CES QUELQUES MOTS.

QUOI QU'IL ARRIVE...
JE N'AI PAS PEUR...
DE MUTSUKI.
MAIS COMMENT ...

WHOOO
WHOOO
LE SORTIR D'UNE TELLE SOLITUDE ?
WHOOO
WHOOO
MOI QUI VOUDRAIS TELLEMENT LE PROTÉGER...
ANIS, ÉLOIGNE-TOI !!

C'EST VRAI QU'ON N'EN VIENDRA PAS À BOUT RIEN QUE NOUS DEUX...
JE VAIS APPELER LES AUTRES CHEVALIERS.
SHIII
MAIS... QUOI !?
HEIN ?
JE N'AI PLUS MES CARTES !!
COMMENT EST-CE QUE...
CLING
CLING
ANIS !!

SHLAAAAC

MUTSUKI ... !
CE N'EST RIEN.
CLANG
CE GENRE DE BLESSURE NE ME FAIT PAS GRAND-CHOSE.
PAR CONTRE ...
...
JE NE POURRAI PAS ME BATTRE SI JE DOIS TE TENIR DANS MES BRAS !
VA-T-EN.
JE NE VEUX PAS QU'ELLE VOIT...
MES MAINS PLEINES DE SANG.

NE T'INQUIÈTE PAS…
POM
AVEC ÇA, NOUS SOMMES LIÉS.

HA...
C'EST VRAI QUE JE N'AI PAS BESOIN DE TE TOUCHER QUAND JE T'APPELLE...
EN TE SERRANT DANS MES BRAS...
JE N'AI PAS PEUR.
SI TU DOIS TE BATTRE, JE VEUX RESTER À TES CÔTÉS.
JE VEUX DOMINER TA SOLITUDE AUSSI.

UTILISE
MON
SANG...

MON CHEVALIER DE LA ROSE NOIRE...

OUI, C'EST...
INDUBITA-BLEMENT...
ANIS...
LA SEULE POUR MOI...
CE QUE MON CŒUR...
SOUHAITAIT.
Premier réveil de la rose noire.

TU ES TOUT CE QUE J'ATTEN-DAIS.
LUMIÈRE ÉCLA-TANTE VENUE DE MES TÉNÈ-BRES...
ANÉ-ANTIS CETTE INFAMIE !!
SHOUUU
SHOUUU
SHOUUU
SHOUUU

WOUAAAAARG
TU... TU L'AS EU ! IL EST PARTI !!
QUI ...

DÉJÀ LE PREMIER RÉVEIL ?
TU COMMENCES À RESSEMBLER À UN VRAI CHEVALIER.
PFU !
CETTE VOIX...
MONTRE-TOI.
MUTSUKI ?
HIN HIN...
...
TU NE POURRAIS PAS DEMANDER ÇA AVEC UN PEU PLUS D'AMOUR ?
SHAAA

ENCHANTÉE, ACTUELLE MAÎTRESSE...
PRINCESSE DE LA ROSE ANIS.
QUI ES-TU ?
MOI ?
AUJOURD'HUI, JE SUIS LE FAUX CHEVALIER DE LA ROSE GRISE.
... !

JE ME SOUVIENS...
MAIS AVANT TOUT...
DE CETTE VOIX...
CLAC
CES CHEVEUX...
DIS-LE !
MUTSUKI ADORÉ...
CE VISAGE...
...
IL EST ...

MON...
GRAND FRÈRE.
POURTANT JE L'AVAIS TUÉ... DE MES MAINS !?
END

KISS OF ROSE
PRINCESS

KISS OF ROSE PRINCESS

CECI N'EST PAS LA RÉALITÉ.
ACTE 4
MESDEMOISELLES M (MA RESPONSABLE) ET S (MOI)...
BONJOUR !
MA RESPONSABLE MLLE M.
NOUS REVOILÀ POUR NOTRE PROGRAMME HABITUEL !
BAAH
...
DÉSOLÉE, JE N'AI PAS DE THÈME...
QUOI !?
GNIII
ÇA FAIT QUATRE MOIS, DEPUIS LA VENTE DU VOLUME 4...
QUE J'ATTENDS ...
CE QUE VOUS ME RÉSERVEZ ENCORE...
ET RIEN !
QUOI ?
HA, DÉSOLÉE ...
ET POURQUOI PAS ÇA ?
TU AVAIS ATTRAPÉ UN RHUME, DU COUP TA VOIX RESSEMBLAIT À CELLE D'UN TRAVESTI APRÈS...
BAAH
CE N'EST PAS ÇA QUE LES LECTEURS VEULENT !!
QUAND MÊME, ALORS ... !!
BON, COMME VOUS AVEZ ÉTÉ NOMBREUX À LA DEMANDER, VOICI UNE PRÉSENTATION DES PERSONNAGES !
TU VERRAS, D'ICI AU PROCHAIN VOLUME ...
ET PAS QUE POUR COMBLER, HEIN !
PAS DE COUP FOURRÉ, HEIN !

Chevalier de la rose rouge : Kaede Higa

***Taille :** 1m79*
***Poids :** 61kg*
***Date de naissance :** 24 juillet, lion*
***Groupe sanguin :** O*
***Passions :** entraînement, faire le tour des magasins de CD*
***Il déteste :** la crème fraîche*

Fils unique de la famille qui gère le temple Kaede, à la périphérie de la ville. 5000 yens d'argent de poche par mois.

AU FAIT, LE KAEDE QUE VOUS VOYEZ SUR LA COUVERTURE EST UN PEU PLUS "LANCÉ" QUE D'HABITUDE...

MERCI À MME H.M, DE LA PRÉFECTURE D'OSAKA POUR LE DESIGN DES VÊTEMENTS ! J'ATTENDS VOS IMPRESSIONS ET VOS SUGGESTIONS SUR LES TENUES DES PERSONNAGES !

Chevalier de la rose bleue : Seiran Asagi

Taille : 1m65
Poids : 52kg
Date de naissance : 26 janvier, verseau
Groupe sanguin : B
Passions : les expériences (même la cuisine), les recherches, son journal d'observations
Il déteste : les tamis en bambou

Il vit seul dans la demeure, derrière le temple Kaede. Il invite parfois Itsushi sensei, Ninufa et Kaede pour une dégustation surprise.

À bientôt au volume 6 ! Ce sera au tour de la rose blanche et de la noire.

POUR LES LETTRES DE FAN :
SOLEIL MANGA
25 RUE TITON
75011 PARIS

Special Thanx——
Norie. Nakamura. Maeda
Yoshise. Rika. Tsuyako. Akari
Kanae. Kou. Hiyo. Family
Asuka 編集部 ... and You!!

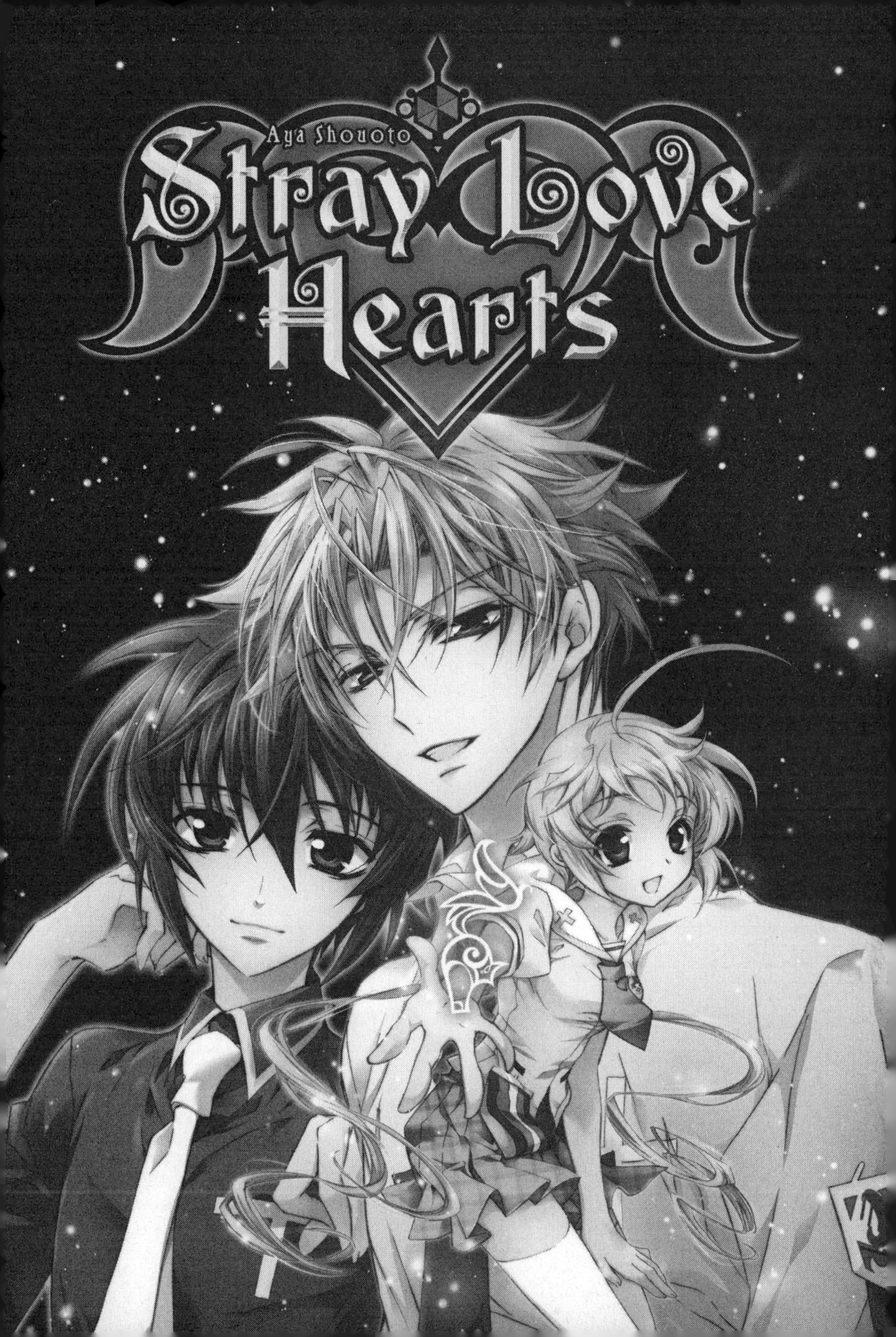
Aya Shouoto
Stray Love Hearts

la plus acâriâtre et géniale gothic-lolita !

En 1924, un jeune garçon, Kujo, venu du Japon, a intégré une école d'aristocrates au coeur de l'Europe. Mais n'étant pas d'une riche lignée, il est isolé et ne fréquente aucun de ses camarades. Sa vie bascule toutefois lorsque par hasard, il assiste au meurtre d'un motard et se retrouve accusé de ce crime. Pour prouver son innocence, il va devoir compter sur Victorica, une camarade acariâtre, mais dont le génie est reconnu dans toute l'école. Elle lui révèle alors une légende selon laquelle la Grande Faucheuse viendra de l'Est au printemps. Ceci explique la crainte qu'il inspire aux autres élèves. L'arrivée d'une autre élève venue du Japon va engendrer toute une série d'événements mystérieux...

4 tomes
série en cours

Gosick

pour elle, c'est son destin
lui, c'est son devoir !

Protégée et cachée par le Vatican, Akira Nagisa porte les stigmates désignant la réincarnation de Marie. On la surnomme «la fille de Marie».
La légende veut qu'elle détienne de nombreux pouvoirs, même si le seul qu'elle ait pour le moment, est de chanter faux. Traquée par de nombreux ennemis, elle est protégée par une organisation du Vatican, les «couleurs», qui a dépêché le jeune Chrome à ses côtés...

CHACO ABENO
CHROME
BREAKER

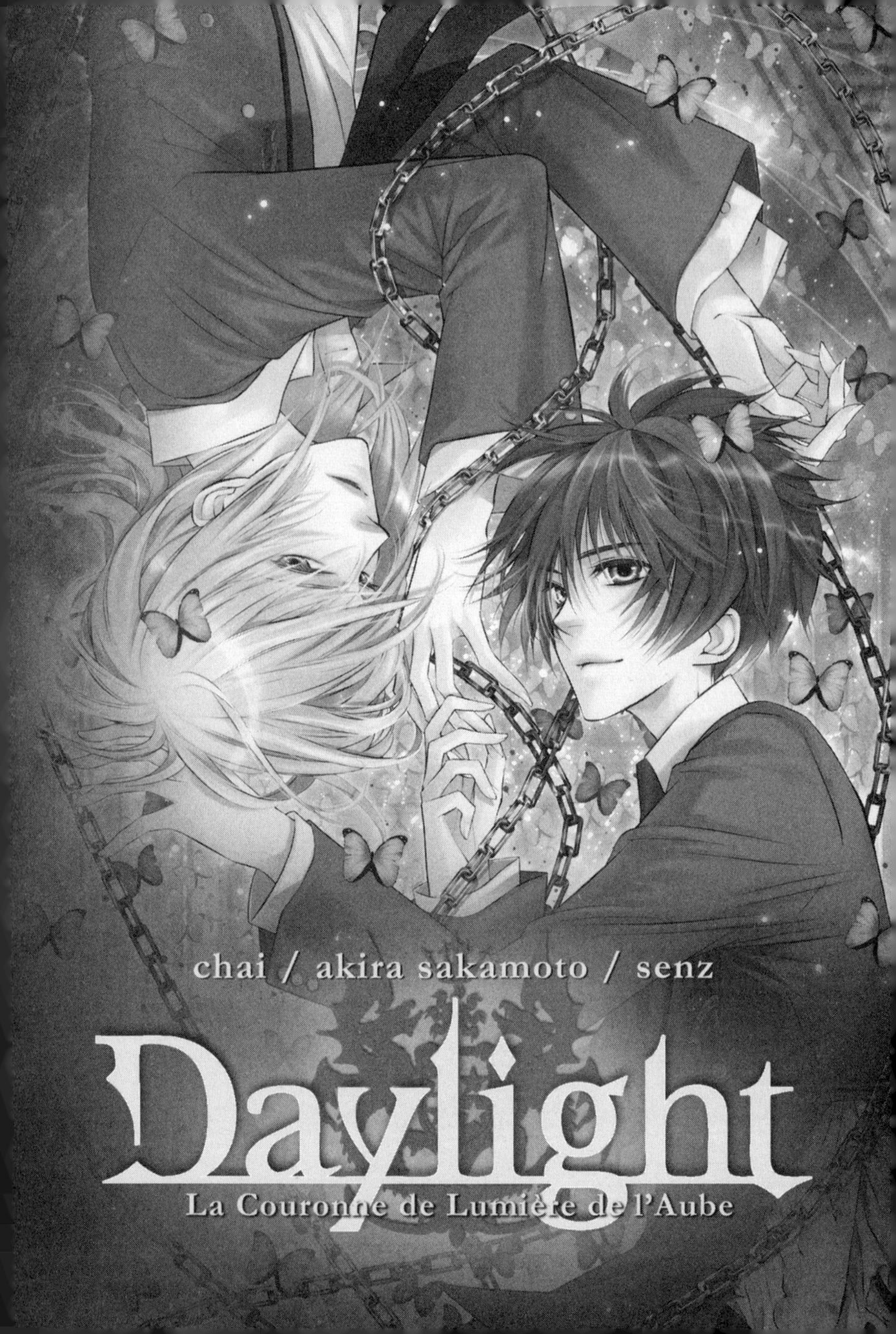
chai / akira sakamoto / senz
Daylight
La Couronne de Lumière de l'Aube

Princess Lucia
Kouji SEO

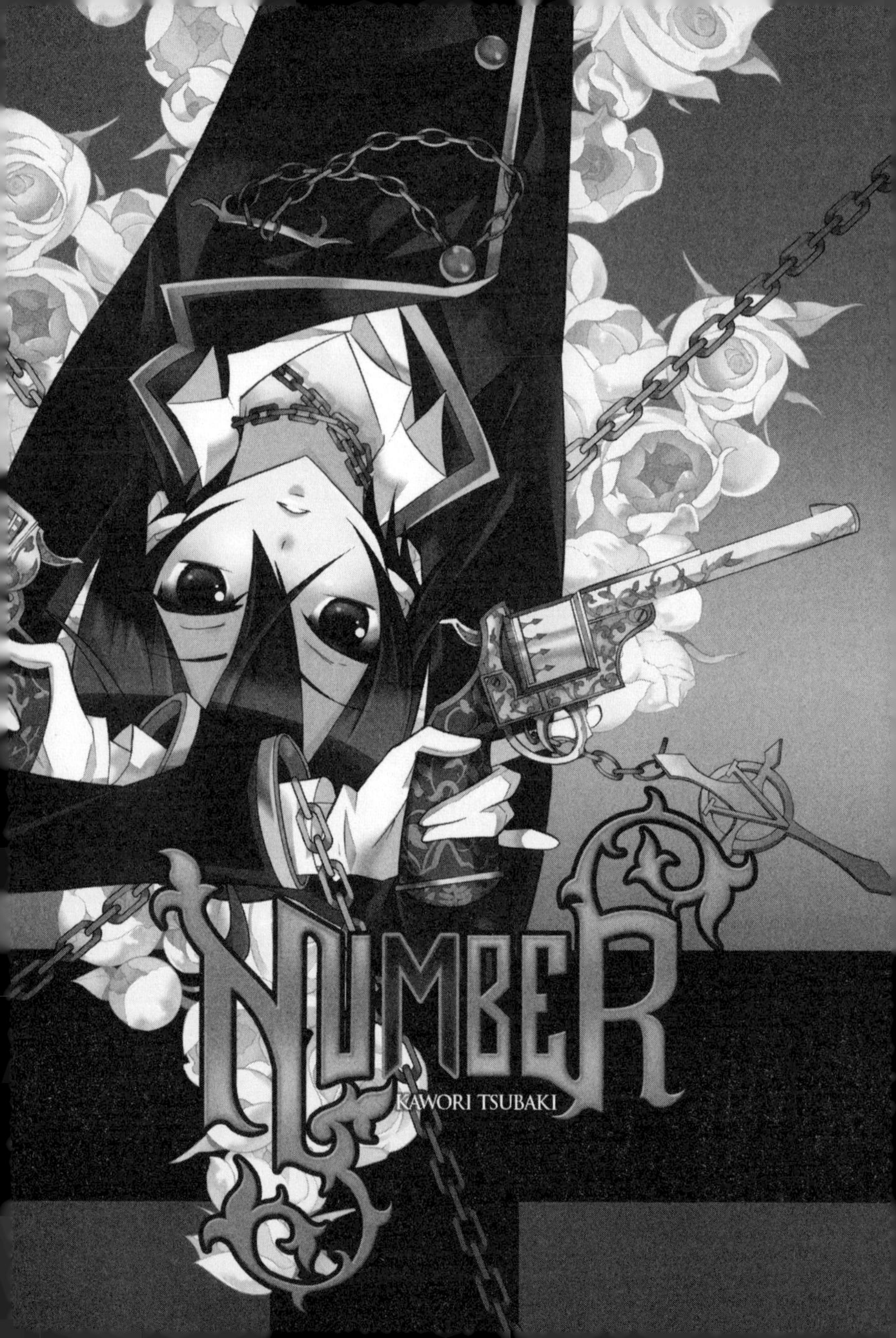
NUMBER
KAWORI TSUBAKI

Otoh Saki
Kana Yamamoto
di[e]ce
Les dés sont jetés !

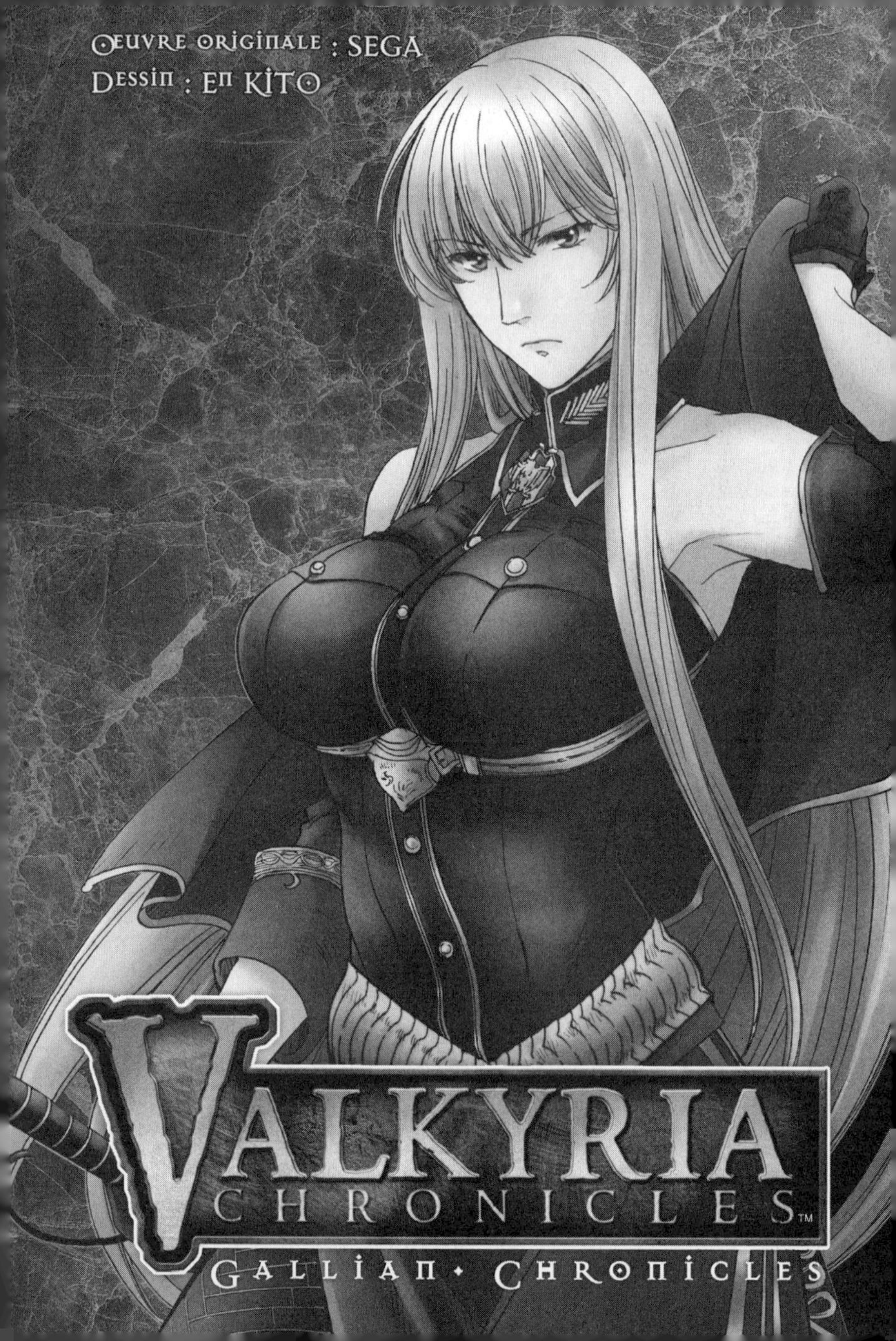
OEUVRE ORIGINALE : SEGA
DESSIN : EN KITO
VALKYRIA
CHRONICLES™
GALLIAN • CHRONICLES

POUR DÉFENDRE LA PAIX,
IL LEUR FAUT FAIRE LA GUERRE !

Bruhl, petite bourgade célèbre pour ses moulins jumeaux, est en état d'alerte. En effet, située entre deux grandes puissances qui ont décidé de se faire la guerre, cette petite ville de la principauté indépendante de Gallia est rapidement attaquée par la redoutable armée de l'Empire.

Alicia, apprentie boulangère et capitaine du petit groupe d'autodéfense local est bien décidée à lutter mais face à l'offensive ennemie, elle doit rapidement battre retraite. Accompagnée de Welkin Gunther, fils d'un ancien héros de guerre, elle rejoint la capitale pour intégrer la milice et poursuivre une lutte qui s'annonce épique…

série en 4 volumes

SEGA

SOLEIL MANGA

Écrivez-nous à :
Soleil Manga
25, rue Titon
75011 Paris - France
manga@soleilprod.com

Titre original : BARAJOU NO KISS Volume 5

First published in Japan in 2010 by KADOKAWA SHOTEN Co., Ltd., Tokyo.
French translation rights arranged with KADOKAWA SHOTEN Co., Ltd., Tokyo
through TUTTLE-MORI AGENCY, INC., Tokyo.

15, bd de Strasbourg
83000 Toulon - France
Conception et réalisation graphique : Studio Soleil
Traduction : Julie Gerriet
Lettrage : Studio Charon
Dépôt légal : Avril 2012
ISBN : 978-2-30202-288-1
Impression : Ercom - Italie